풀숲이
궁금하다

조미경 시집

청어詩人選 236

풀숲이 궁금하다

조미경 시집

도서출판 청어

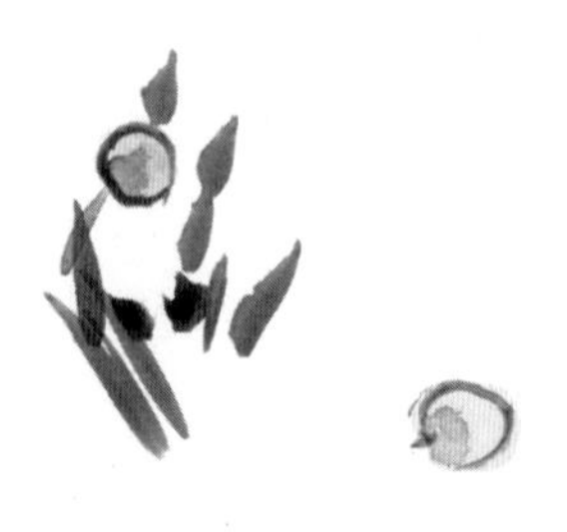

시인의 말

사방에 봄을 깨우는 소리
한 해 농사 준비를 합니다
아버지 떠나신 지 여섯 해 또 다른 시간이 왔습니다
풍경처럼 보아온 농사일도 조금씩 알아갑니다
농사일이나 시를 쓰는 일이나 내겐 서툰 일들입니다
시를 쓰면서 지금껏 살아온 시간을 돌아봅니다
내 시어에 새 기운을 불어넣고 싹을 틔워
봄처럼 피어나길 기원하며
뜨거움에 목이 멜 밥 한 술을 위해 고생하신
아버지 무릎 아래 못난 시집 한 권 바칩니다

2020년 봄
조미경

차례

3부 벽의 두께

4부 푸른 혓바닥

5부 달빛 아버지

해설

1부

풀숲이 궁금하다

당신은 나를 사랑한다면서
자꾸만 바람을 불러들여요
돌아서면 아무 일도 없었다는 듯
그냥 화사히 웃고만 있네요
아. 당신은 바람이 피워 놓은 꽃

볍씨를 담그며

곡우는 스무날이나 남았다
벚꽃 망울 터뜨리는 소리에
세상은 화사히 물이 오르고
연분홍으로 소독된 볍씨에
나는 경건한 마음으로 물을 붓는다
달빛과 햇살로 달궈진 무논에
조바심 가득 끓여 담는다
구멍 숭숭 난 모판에 바람 들지 못하도록
신문 깔고 고운 흙 채워 한 편에 두고
일곱 날을 기도하는 마음으로 기다린다
아, 드디어 찬바람 머금은 볍씨의 탄생
조곤히 소쿠리로 물을 빼고 모판 파종한다
이제부터 시작이다
무논은 다시 바빠질 것이다
백만대군의 출정을 기다리는 숨 막히는 시간
드센 비바람과 햇빛 맞을 준비가 되었다
아버지의 아버지 또 아버지의 아버지 그 뒤를 이어
나는 오늘 볍씨를 담근다
뜨거움에 목이 멜 한 술의 밥을 위하여

봄까치꽃

햇볕이 물어다 준 온기 한 입
찬바람이 몰아다 준 소식에 작은 눈 떴나
사방에 봄을 깨우는 종이 달려 있구나
간질간질 땅 속 개미집 지나
나직하게 기지개 켜는 매화 소리 들었나
바람도 하랑하랑 댓잎도 하랑하랑
마른 풀섶도 푸르름으로 들썩이는구나
논두렁 양지바른 곳에서
아지랑이 노랫소리 들으며
개구리 무논을 뒤흔들기 전에
나는 어김없이 볍씨를 담그고
밭고랑에 촘촘 씨를 뿌릴 것이다
올해도 내년에도 낮은 키로 피어나
누구에게나 익숙한 미소가 될 것이다

풀숲이 궁금하다

요란한 예초기 소리에
논두렁이 발딱 일어선다
풀숲을 지키던 꿩
일촉즉발의 순간을 박차고 푸드덕 날아간다
꿩이 날아간 자리
열한 개의 알들에 어미의 체온이 남아 있다
다시 돌아 올 어미를 위해
아비는 그들이 부화해서 자립할 때까지
한 평 남짓 섬을 지어 무상분양을 결정했다

딸내미 아파 응급실 들락거릴 때
과속운전에 속도위반까지 하면서
물불을 가리지 않았었지
자식 지키려는 부모 마음은 모두 한 가지
꿩이 날아간 자리
풀숲이 궁금해지면서 딸내미 안부가 절실해진다

마지막 단맛

감나무 끝 빈 하늘에
감 몇 알 달려 있다
동트는 아침햇살 한 모금 찍어 먹고
종일토록 마지막 불꽃을 뒤척인다
달달한 생애가
뿌리에서 가지 끝으로 전해지는 시간
봄부터 함께한 푸른 잎에 대한 예의인지
쉬 떠나지 못하고
애틋한 풍장을 기다리고 있다
마지막 단맛을 바람에게 전하며

복사꽃 지는 날

차가운 몸은 말문을 닫아버렸어요
남자가 십자드라이버로
삐걱거리는 어깨를 어루만져요
앵무새처럼 올올 풀어내던 내 목소리도
언뜻 보면 타이피스트 같은 손놀림도
저 너머 치매의 시간 속으로 숨어버렸어요
끊어졌다 이어지는 남자의 기억은
단칸방에서 떠돌고 있어요
꽃샘바람에 떠는 복사꽃잎 따라
남자의 기억도 아스라이 떨어져갔어요
비늘 편편이 하얗게 쌓여
바람기둥 세우고 있어요
햇살이 이슬을 못다 먹은 아침
며느리 바쁜 일손 거들어 준답시고
지어놓은 밥솥 아궁이에 다시 불 지펴
온 가족 까만 별미로 포식했어요
저문 겨울 복사꽃비 내리던 날
찔레 가시밭길에서 옷깃 찢기며
걸음 밝히고 붉은 피 타고 내리는
젊은 날의 그 골짜기
복사꽃 피고지고 삼년을 서성이다 떠난
할아버지, 복사꽃 피는 날

탁

뜨거운 피가 흐른다
웅크린 몸 기지개를 켜는 순간
뭉쳤던 근육이 봄바람처럼 하늘거린다
땅 속에서 뜨거운 피가 흐른다
지표면까지 닿을 발돋움으로 올이 풀리듯 튕겨나간다
열기가 부풀어 오른다
데워진 공기가 살랑거리기 시작한다
눈 속을 뚫은 복수초가 재빠르게 받아친다
매화가 앙다문 입술을 열어 바람을 물었다 뱉고

탁

내 기지개와 함께 목련이 열린다
개나리 진달래도 봄을 시작한다
그 다음 차례는

조련사

휘슬이 삐이익 울리면
물속에서 돌고래가 뛰어오른다
비릿한 물고기 냄새가
뛰어오르라는 신호를 보내면
잘 길들여진 솜씨지만
원하는 방향으로 뛰어오르지 못하고 실패할 때도 있다
날개가 있었다면 나는 지금 멈췄을 거다
조련사 휘슬이 울린다
돌고래는 신호음을 듣고
다시 힘겹게 점프한다
가까스로 조련사의 손 높이에 닿는다
길들여진 대로 뛰었다
잘 한다고 구경꾼들이 박수를 친다
세상은 길들여져 살아가지만
아무리해도 날 수가 없는 나는
아예 뛰어오르는 연습만 한다

일벌 소리

해를 다 베어 문 저녁, 허기진 배를 안고
'무진장 왕뽈때기' 집으로 향한다
신호를 기다리노라니 블록 사이로
질경이도 아니고 오뚝이도 아닌 내 삶이
삐죽이 고갤 내민다
척박한 곳에서 내가 이리도 푸르다니
감탄할 새도 없이 신호등을 뒤로하고
가슴 속 허기를 채우러 간다
숟가락질 소리가 하루를 어떻게 베어 물었는지
요란스레 식탁을 건너다니고
메뉴판 사이로 살짝 비치는 녹색바다가
찰랑거리며 건배를 하잔다
무진장 허기진 배를 번쩍 들어
새 날을 향해 잔을 든다
식당 안 사람들의 목소리,
윙윙 일벌 소리로 부서진다

여기저기 가을 밥상

눈 돌리는 곳마다
쪽빛 밥상이 차려져 있다
밥 한 술 안 떠도 배가 부르다
단풍잎은 시나브로 가슴 속에 물들고
풀벌레소리는 들녘을 익힌다
텃밭 무와 배추 속을 단단히 채우고
논두렁 풀잎도 저 홀로 물들어간다
홍시 한 입 베어 문 까마귀
노을보다 맛있다고 까아악 엄살을 떨고
해바라기는 이미 까만 씨앗 한 접시 담아놓았다
저녁노을 서산을 넘을 때쯤
물 오른 석류는 만삭의 몸을 푼다
여기저기서 한상 받는 젓가락 소리들
귀뚜라미 장단으로 익어간다
가을 설거지는 누가 할꼬?

수국을 사이에 두고

파르르 떨리는 입술로 바람을 불러들여요
때론 홍조 띤 얼굴로 때론 새치름히 다가오는
그 변덕스러움이 사랑스러워요
당신은 나를 사랑한다면서
자꾸만 바람을 불러들여요
돌아서면 아무 일도 없었다는 듯
그냥 화사히 웃고만 있네요
아, 당신은 바람이 피워 놓은 꽃

바다 교실

푸른 갯내음은 무룡터널 출구에서 기다리고 있다
정오가 되면 학교는 고래를 등에 업는다
유모차를 자가용 삼아 밀며 들어오는 할머니
꽃보따리 속에 공책과 연필이 가득하다
소라 미역 따던 손길
오늘은 가갸거겨 커다란 활자를 매만진다
소라껍질 속으로 바다가 들어가듯
굴 따던 까꾸리 모양 ㄱ
물고기 잡던 작살 모양 ㅅ
낯선 활자들이 고래 분수를 타고 반짝인다
제 이름도 못 쓰는 아기고래들
물속에서 자유롭던 두 다리 어느덧 풀어지고
교실은 수심 깊은 바다가 된다
한가롭던 뱃고동, 하학종을 울리면
빛을 찾아온 할머니들
춤추는 고래를 등에 업고 귀가를 서두른다

단맛 감별사

까치들 소리가 요란하다
회색빛 새들 함께 기웃거리는 텃밭
한두 해 지나도록 아무도 찾지 않더니
드디어 단맛을 찾아왔다
수확 시기를 넘겼다고 채근하려는지
얼마나 잘 익었나 감별하려는지
어쩌면 무관심할 때가 더 좋았는지 모르겠다
이제 나무 위
바람이 드나드는 푸른 망을 씌워야 한다
아직 아로니아는 익지 않았다
검붉은 자존심만 키울 뿐
살을 나눌 마음이 없다
제철 과일 단맛 찾아내는 일은
귀신같은 감별사의 일
어떤 녀석이 맛들었나
울타리에 곰곰이 앉아 살핀다
울타리를 경계로 단맛이 익어가고
그들은 저 경계의 시간을 너머
세상살이 속 단맛을 찾아다닌다

물을 지키다

물을 지키는 것보다 어려운 일이 또 있을까
바짝 마른 논을 쟁기질로 갈아엎는다
물을 가두어 물길을 잡아놓는 것이
농사의 첫 번째 과제
올해도 어김없이 물을 가두기 위해
십여 분 떨어진 집에서 새벽을 깨우고
밤을 지키는 일로 시작한다
하루가 모자라도록 논두렁을 다지는 걸음으로
나의 긴 밤은 욱신거리는데
개구리는 논두렁이 제집인양 짝짓기로 바쁘다
아, 생명을 준비하는 거룩한 의식

트랙터로 논을 가는 사이
나는 황새들과 더불어 새참을 준비한다
도랑에서 물이 동맥경화라도 일으키면 큰일
오직 물을 지키려는 일념으로
오늘도 논두렁 논두렁을 바지런히 들락거린다
그래도 바람이 동행해 주어 느긋하다

겨울 농막

겨울 농막엔 추수가 끝나도 떠나지 못하는
바람이 산다
빈 논을 지키고 있는 알곡 몇 알
까마귀 떼가 호시탐탐 노린다
밤에는 서리와
낮에는 햇볕과 교신하며
겨울 농막은 절대 얼어붙지 못한다
무성한 풀들과 전쟁을 준비하는 부직포도
뾰족한 핀이 되어 한겨울을 넘고 있다
상추 실파 대파가 한파를 견디는 연습을 하고
내 게으름이 깨어나길 기다리는 초석잠은
하루해가 너무 짧다고
쏟아지는 별을 곁눈질한다

2부

봄이 데워지는 동안

내 안의 혈관은 아직껏 겨울인지
꽃 진 자리 차가움만 서럽습니다
아직 피어나지 못한 소망 하나
꽃잎에 날려 봅니다

봄이 데워지는 동안

흙 속에서 혈관들이 꿈틀거립니다
나무뿌리마다 달아오른 몸
몸의 온도에 따라
저만의 색으로 물들어 갑니다
파르르 끓어오른 벚꽃은 금방 피었다 지고
은근히 데워진 나무들은 느긋이 푸른 잎으로 익어갑니다
색색으로 피어나는 봄은
향기도 색색입니다
내 안의 혈관은 아직껏 겨울인지
꽃 진 자리 차가움만 서럽습니다
아직 피어나지 못한 소망 하나
꽃잎에 날려 봅니다
제비가 물고 올 소식 한 잎 기다리며
토닥토닥 봄바람, 다독여 봅니다

바람 한 잔

그냥 길이 좋다, 나는
삼월 바람을 뚫고 내달려 가는
초록터널 너머 추령재 찻집

바람은 시간에 덫을 놓지 않는다
오롯 저만의 길을 갈 뿐이다

구불구불 모퉁이 돌아설 때
보일 듯 닿을 듯
나를 에워쌌던 그 바람은 덫도 그물도 아니었다
혼미한 발걸음 풀어주는 따순 차 한 잔이었음을

오늘 이곳 찻집은
바람향 넉넉하다

수세미와 그녀

그녀는 점점 몸이 가벼워진다
이슬이 비치는가 싶더니
탱탱한 살갗에 거미집이 들어서고
햇살 드는 날을 받아
만삭의 몸 푼다
아릿한 진통 너머로
가까워졌다가 멀어지는 하늘
절룩절룩 바람 부는 날
아래층 그녀
마음을 고쳐 잡고 세상을 보지만
채워지지 않는 방황의 갈피마다
휑한 바람이 든다
우물은 가뭄에도 마르지 않는다
무릎연골 다 내놓고 키운 자식
끝없는 근심은 개숫물이 되고
미련 없이 비워낸 몸피는 개운하다

앓다, 증명사진

그녀가 머리칼을 잘라요 성가신 일상이 얼굴 곳곳에 골을 만들어요 미용실 찾는 날은 습관처럼 사진을 찍어요 초점 흐린 렌즈 앞, 남루한 시간들과 개었다 흐렸다 종잡을 수 없는 표정들이 흐렸다 개었다 지나가요 뜀박질하는 물가에 장바구니는 가벼워지고 두 손은 오그라들어요 슬그머니 외면하는 눈은 뻑뻑해져 기다렸다는 듯, 안구건조증이라 적힌 처방전이 껌뻑거려요 넣는 약도 어쩔 수 없나 봐요 방울방울 성가신 몸부림이 귀찮아 도수 없는 안경 뒤로 숨겨놓고 사진을 찍어요 찰칵 안경 너머 그녀는 웃고 있지만 웃음소린 끝내 들리지 않았어요

여름을 듣다
–타래난초

태양빛이 뜨거워
발그레 볼이 달아올랐구나
바다 소리 못내 그리웠을까
소라껍데기를 꼭 닮은 종을 매달고
구석구석 여름을 듣고 있구나
무르익은 바람으로 날아와 살포시 자리 잡더니
매미 울음 구절구절
활짝 귀 열어 담고 있구나
땅에서부터 하늘까지
타래 치며 오르는 날개를 가졌구나

담벼락 너머

구판장 담벼락 너머로 바다가 보입니다
쌓아놓은 술병 속엔 파도소리가 가득 찼습니다
엎드려 있던 파도가 일어섭니다
누군가가 술잔 속으로 뛰어듭니다
그러다 평상 너머로 포말처럼 부서집니다
미친바람이 바다를 마구 후리던 날
방앗간 굴뚝이 마을 청년의 머리를 덮쳤습니다
청년은 며칠 후 바닷속으로 들어가 버렸습니다
방앗간이 있던 자리는 주춧돌만이 서성거립니다
그날처럼 바다가 바람을 후리는 날이면
구판장 담벼락에 기대어 우는 술병은
어김없이 파도소리를 삼켜야만 합니다

그녀는 악마였을까

미탁이 온다고 난리들이다
뉴스에선 제주바다 몇 마일
남해바다 여수바다
점령군처럼 쳐들어올 태세에 초긴장을 하고
바다로 간 어부들은 서둘러
그녀가 오는 길을 비켜주어야만 했다
서로의 등 비비며 살아가는 산 아래
두꺼비라도 불렀나
산사태는 헌 집을 덮어버렸다
어느 노부부가 서로를 껴안고 겨우 살아났다는
새 집을 대신하는 소식
서로를 의지하던 단 하나의 사랑이었다
그녀는 처음부터 악마였을까
탐스런 것에 대한 심통인지
여름내 가꾸어놓은 것들에 대한 횡포인지
단번에 쓸어가 버렸다
그러나 쓰러진 벼들은 본능적으로 새싹을 틔운다
그 새싹은 다시 봄날을 틔울 것이다
삶은 되돌아가는 법 없으므로
어쨌든 앞을 여는 것이므로

개의 이웃들

개 짖던 소리가 사라진 집
지금 이곳은
마당 귀퉁이에서 바람을 갖고 놀던
낙엽 쓸려가는 소리뿐
뒷집 이사 오던 날
우리 집 개들은 크게 짖으며 이웃을 맞았다
그러나 뒷집 남자랑 우리 집 개랑은 점점 사이가 벌어졌다
어떤 날은 돌멩이가 한 가득 날아와 있기도 했다
주인 없는 집을 지킨다는 사명감에
외로움에 사무쳤던지 아니면 무서웠던지
밤을 지키는 내내 그저 짖어댈 뿐이었다
뒷집 사내와는 끝내 앞면을 트지 못한 채
불협화음이 계속되었다
오랜 시간 지키던 집을 내어주고
개들은 결국 산밭 과수원으로 이사를 갔다
이제 그들은 넓은 감나무 사이 벚나무 아래서
짖지 않아도 될 감나무를 키우고 있다

백두의 정기로

연변 진달래 광장
소리로 피어나
우리의 어둠을 반긴다
먼 옛날 개척민들의 터전
용정 일송정 푸른 솔을 바라보며
이도백하까지 수천의 별들이 피워 놓은 천지 벼랑
그 틈을 비집고 매달린 두메양귀비
구름국화와 이름 모를 꽃들
바짝 마른 바위 틈, 그 등을 믿고 피어난다
발걸음 더디다며 끌어당기는 1422계단
천지 물길이 내 중심을 잡아준다
정화수 대신 천지 한 사발 떠놓고
사람이 되어 달라고 기원했을 단군신화 웅녀도
오늘 내 마음 같았으리
하얀 겨울 눈 속에서도
뜨거운 피로 피어났으리
내 안에 펄떡이는 심장 소리들
백두의 정기로 들숨 날숨 나를 씻어낸다

물, 바람, 모래와 함께 살다가
–다큐 '예리고의 장미'*를 보고

바람만이 믿을 수 있는 눈입니다
산에서 사막에서
시간 따라 꽁꽁 말아 이끄는
모나지 않는 공으로 바람을 탑니다
서걱대는 모래와 오십 년 백 년을 살다가
나는 바짝 말라버려야 합니다
귀인이라도 만나야겠지요
모래호수에서 갈증도 적셔봅니다
턱까지 차오른 숨을 참지 못해
여기저기 모래무덤을 만듭니다
바람의 등살이 때론 내 걸음을 옮깁니다
회색 낮빛에 빗방울 머뭅니다
초파리 득실대는 세상에 뿌리를 담그며
꽁꽁 묶인 몸을 풀어 헤칩니다
십 년 백 년 더 많은 시간이 걸릴지라도
나의 근원 찾자면
미련 없이 나를 두고 떠나야만 합니다

* 아시아 서부가 원산지 회색을 띠며 건기에 가지와 씨 꼬투리가 안쪽으로 말려 공 모양을 이루는데 물기에 젖을 때만 펼쳐지며 물을 먹으면 30㎝ 정도 너비로 펼쳐짐. 흰색의 매우 작은 꽃이 핌.

그곳에 가다
—일송정 앞에서

비암산은

하늘 땅 드센 기운으로 울창하다

민족의 염원 같은 푸른 솔

해란강 젖줄에 모진 목숨 맡겼다지

지금도 어머니의 江은

유유히 젖이 돌아 전설을 키우고 있다

두레박이 길어 올리는 선조들의 염원으로

용두레 우물가는 마를 날이 없다

낯선 곳에서 소망하다

백두산 천지 밤물결은
가슴에서만 출렁이게 잠시 잊자

연길에서 이도백하까지 내려앉은 노란별들
대륙의 낮을 밝힌다
끝없이 펼쳐진 평야를 끼고 향하는 곳
1422계단을 구원처럼 오른다
쉽사리 속내를 보이지 않는 깊은 눈빛
마르지 않는 어머니 품속이 저랬지
낯선 구월 바람 속에서
나는 말없이 기도한다
졸업 앞둔 아들의 취직과 가족의 평안을
어깨에 얹힌 것들이
천지(天池)에 떠다니는 구름만큼 가벼워질 것을

삼백예순닷새, 하루도 쉬지 않는 장백폭포처럼
나는 어깨의 짐들을 완장처럼 다시 두른다
그 짐들은 이미 별이 되어 반짝인다

붉었던 그날처럼
-안중근 의사 기념관에서

번뇌의 밤 무진장 깊었으리
생과 사, 그 짧은 한가운데
십여 걸음 앞에서 조국 독립의 종이 울렸다

살아선 백 살이 없는데 죽어서 천 년을 가오리다*

지금도 하얼빈역 어디쯤에선
장부의 큰 뜻 선로를 따라 흐른다

그 천 년을 지키기 위해
지금 우리
후손에게 정신을 물려주려 애쓰는 것
진달래 피고 지는 고향 향한 그리움
꽃잎으로 사라져 갔지만
튼실한 씨앗은 뜨거운 피가 되어 흐른다
가을 어느 날 붉었던 그날처럼

* 안중근 의사 만(安重根義士輓)
– 원세개(袁世凱, 위안스카이 1859~1916. 6. 6.): 청나라 말의 정치가, 중화민국의 초대 총통.

뿌리의 발끝

가로수가 서서히 일어나고 있다
벽돌의 등짐
내 삶만큼 무거웠을까
천천히 그리고 끈질기게
보도블록을 밀어 올린다
뿌리의 발끝에서 핏줄이 터져 나온다
시간을 견뎌 온 우리는
화석이 된 심장에 물길을 내고
가지마다 붉은 잎새의 훈장을 매달고 있다
그 여름, 대지는 참으로 뜨거웠지
이제 이불처럼 덮여 있던
겨울이야기 한 잎 두 잎 꺼내며
또다시 내 깊은 뿌리를 갈무리한다

3부

벽의 두께

살다 살다
어머니 한쪽 날갯죽지가 허전할 때도
묵은 말 비비며
먼 하늘을 바라보곤 하셨다

틈

블록과 블록 사이
틈이 생깁니다
바람이 먼지를 불어 넣으며
비가 촉촉이 시간을 다집니다
이따금 햇살이 발을 디밀었지요
누군가의 발굽에 밟혀도
풀들은 서러운 틈을 메웁니다

사람과 사람 사이
틈이 생깁니다
바람과 비가 틈을 메워주면 좋겠습니다
새살이 돋고 딱지가 앉았으면 좋겠습니다

세월 속에 단단한 믿음 같은 결
마음 굽이마다 물결쳤으면 좋겠습니다
틈이 만든 결
그 결대로 흘러가렵니다

크라커족처럼

깃털 앉는 소리도 들리지 않는
조용하고 조망 좋은 집
바람도 쉬어가고 햇살도 나른해집니다
주인에게 들켜도 그들을 내쫓지 못합니다
올망졸망 눈동자 내리박힌 새끼들에게
부화하여 갈 때까지 무언의 동거를 허락합니다
그들은 염치가 없습니다
인심 좋은 집이라 새겨두면 그만
다음에 또 찾아갈 테니까요
월세 한 푼 내지 않는다며
집주인은 철통방어를 합니다
바람만 쉬어가라고 촘촘한 망으로 울타리를 칩니다
수많은 아파트, 그들을 환영하는 곳은 없습니다
촘촘하게 하늘을 비집고 올라가는 집들은
오르지 못할 나무일 뿐
창 너머로 흘러나오는 뉴스에선
미분양이 많아서 걱정이라는데

* 네덜란드에선 빈집에 들어가 살아도 법으로 보장한다. 이를 이용하여 다른 사람의 집에 들어가 사는 사람들을 일컬어 '크라커'라고 부른다

벽의 두께

집과 집 방과 방 사이
막아선 경계가 있다
오랜 시간 비와 바람을 견딘 나무로
모래와 물로 다진 벽돌로
단단히 쌓아올린 벽은
서로의 속내를 감춘다
벽 안쪽은 보이지 않아서
더 궁금하다
막힌 벽이 두꺼우면
밖이 더 두려워지고
치욕스런 비밀이 감춰지기도 한다
문을 열려고 두드리는
소리들이 울린다
왕래할 수도 없고
소통할 수도 없는 벽은
절망과 비애가
벽의 두께만큼 갇혀진다
새벽안개처럼
얇은 창호지처럼
뚫을 수 없는 철벽처럼
어둠의 장막을 치는 벽은
매일 아침 높아지다가
밤이면 허물어진다

선옹초 사랑

한 입 베어 물면 시간이 멈춘다는
선옹초 꽃밭 사이로
아스라한 길 있었네
스치기만 해도 치명적인
자색 화기가 얼굴을 데우고 있었네
키 큰 나무그림자 수직으로 놓일 때쯤
여린 잎에 머무는 바람의 숨결을
두 손 가득 받으며
나는 길을 나왔네
오아시스를 끓여대는 시간이었네
절정의 목마름에 타는 목덜미
서녘에 북새가 몰아칠 때까지
나는 또 미친 몸부림을 치겠네

묵은 말을 비비다

한밤 울타리에 내려와 매달려 있던 별들
동이 트자 나팔수로 꽃잎을 연다
아버지 첫사랑 이승에 둔 채
떨어지지 않는 발걸음 떼어 놓았다고
아쉬움 전하는 꽃술에 이슬이 맺힌다
긴 말꼬리가 춤을 춘다
찜통더위쯤이야
냉장고에서 묵은 이야기 들춰내며
견디면 되는 일
가끔 내 귀가 가려워 오면
슬쩍 딴청부리면 되는 일
살다 살다
어머니 한쪽 날갯죽지가 허전할 때도
묵은 말 비비며
먼 하늘을 바라보곤 하셨다

모란이 왔다

들떠 있는 봄길 사이로
모란이 왔다
뻐꾸기 소리가 시작될 때 찾아온다는데
올핸 부쩍 성급한 마음이 들었는지
가로등 아래서 텃밭을 밝힌다

외할머니 따라 우리 집 와서 이곳저곳 옮겨 다니다
겨우 텃밭 한 귀퉁이에 자리 잡았다
지나는 사람마다 살뜰히 눈 맞추더니
이젠 어머니 희미한 가슴을 환히 밝힌다

모란이 왔다
어머니 얼굴은 점점 모란을 닮아가고
이따금씩 외할머니 모습도 피었다 사라지곤 한다

매미를 듣다

날지 못하는 숙명 하나
방충망에 걸려 있다
나뭇가지 아래
태양의 절정 숨겨 놓고
견디다 견디다
수직으로 피어나는 절창

두레밥상에 마음을 차려

모서리가 없는 두레밥상
쭈뼛거리던 마음들이 둘러앉는다
연변문인들과 함께하는 한 끼 식사
둥근 접시로 자른 인절미에도 모서리는 없다
금수강산 정기 받은 참두릅에
시골계란이라며 권하는 손길이 뜨겁다
한 끼의 밥상엔 한 민족이 가득 차려져 있다
고향집에 온 것만 같은 따뜻함이 뱃속을 데운다
젓가락 장단이 후식으로 흐르던 저녁
입안에 두릅향이 가득 차오른다
그 향 넘치고 넘쳐 그리움으로 남을 것이다

나팔꽃 일념

새벽 한 모금으로 피어나
하루가 닫힐 즈음 따라서 입을 닫아버리지
비밀 하나 지키려는 몸부림인가
자고 일어나면 밤새 태어난 이야기들
말의 꼬리 물어 나르는 벌새들 들어앉을까
바람이 먼저 올까
말 많은 하루를 견디다
너는 초저녁 침묵으로 지곤 하지
한 뼘을 넓히려
담장을 향한 발돋움
등골 쑤시는 말은 삼킨 채
빛살 고운 내일을 쫓아만 가지

김장놀이 사는놀이

벌레가 지나간 발자국 따라
노란 배추 속살
날마다 맷집이 커졌다
왕소금을 맞으며 생의 짠맛을 음미해 본다
젊은 한때가 퍼덕이다 숨이 죽고
바람과 햇살이 버무려 놓는
사계절 이야기가 매콤하다
살아낸 지난날을 곁들이며 숙연히 간을 맞춘다
돌아보는 푸른 잎의 추억이 켜켜이 배어들고
여전히 신통찮은 내 솜씨에
어머니 손맛이 스윽 지나가면
찬 겨울 발효시킬 꿈의 포기들로
항아리 뱃속이 불러온다

바람 분다, 지금

그물 가득 바다를 후려 넣는다
파도의 물머리서부터 부서져 나가는
바다는 언제나 그 자리였다
칼날을 세우며 달려오는 물거품은
머어언 수평선까지 닿아 부서졌다
명주바람 부는 날, 그녀는 몸을 맡긴다
공사현장에서 비를 기다리던 그는
어긋난 큐피트의 화살을 맞는다
바람에 가만가만 이끌려
그녀는 대출을 내고
귓속에 숨어든 속삭임은
드높은 날갯짓을 부추긴다
노동의 잔뼈가 습관처럼 공사판을 열던 날
그녀는 재넘이*로 날아가 버린다
다시 바람 부는 날
그는 공사판보다 무른 흙바람 속에
긴 장대를 박아댄다
흔들리지 않는 장대는
큐피트의 화살로 다시 태어나고

과녁을 조준하는 바람 분다, 지금

* 매사냥에서, 꿩이 산을 넘어 달아날 때 매가 공중으로 높이 떠서 날쌔게 뒤쫓아 가는 행위.

가득한 빈 터
–빈궁이 된 너에게

지붕 위 기왓장을 걷어내면
긴 백 년 견뎌낼 수 있을까

팔자에도 없는 왕족이 되어
지켜 온 우리들의 성
바람 많은 그 터를 내어주려
링거 꽂고 수술실로 향하기도 하지

무거웠던 반평생이
날개보다 가벼워지는 순간
진정한 자유와 평화를 담아놓고
이제 잠시 틈새를 가꾸어도 좋다

한동안 개켜놓은 묵은 옷들
훨훨 장롱 속을 비운다
체취와 사연이 각질처럼 나붓긴다

가을 통증

어머니 자궁 그 뜨거운 江을 빠져나오면서
탯줄을 끊는 이별부터 배웠어요
나뭇가지 사이에서 방향키를 놓친 바람은
거세게 하늘을 흔들어요
소나무 그늘에 쉬면서도
촉촉한 가슴에 해가 들 때까지 조바심해요
갈피를 잡지 못한 떡갈잎이 저물어가요
보이지 않는 바람그물 쳐놓고 당기려는 하늘
그물에 걸려들지 않는 고추잠자리는 렌즈에 담아놓았어요
시린 손 내려놓으니 한결 가벼워져요
남은 온기 식어가는 순간까지 하늘 곳곳 그물을 놓겠지요
가을은 스스로를 벗어나고 싶어
묵은 통증, 저녁하늘에 토하고 있어요

축이 무너지다

또각또각 빨간 하이힐 소리가 아련하다
나의 세월 따라 굽이 점점 낮아진다
걷다 넘어지더라도 높은 굽이 당위였던 시간

의사의 진단이 복잡하다

축이 내려앉아버린 발 쉬게 하란다
안락한 쿠션으로 떠받들어 주고
엄지발가락에 자존심을 팍팍 실어 줘야 한다
지구의 중심을 불러 모아야 한다
다섯 발가락은 서로에게 익숙한 듯 붙어있다
아웅다웅 티격태격 그러나 언제나 한 몸인 가족처럼
청춘을 거슬러 올라가는 연습을 해야 한다
힘을 모아 다시 움트는 연습을 해야 한다
오늘 병원을 나서면서
발끝에 피라미드 삼각 꼭짓점을 새겨 넣는다
발에 대한 스스로의 처방전이
빼쪽한 일침을 때린다

4부

푸른 혓바닥

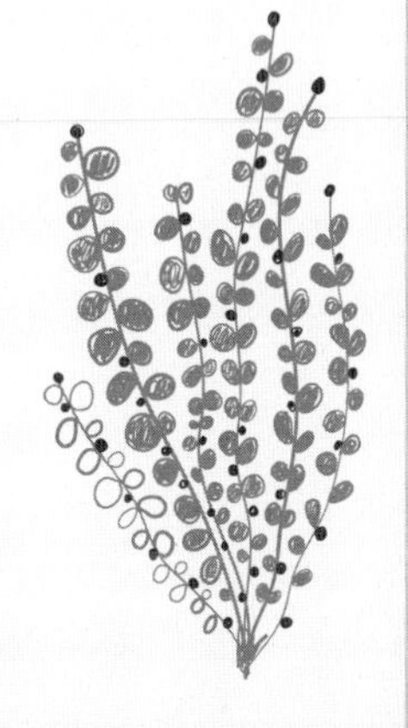

지금은 홍역의 시간
신음소리가 아른아른 불빛 속을 기어 다니고
나는 청춘의 시간을
아스라이 거슬러 오르고

밀잠자리처럼

사계절은 목숨만큼 길었고 짧았습니다
봄, 여름, 그리고 겨울
물 아닌 나로 살아야 합니다
바람이 잔잔한 여름날 저녁
푸른 잎 옷장을 열어
열네 벌의 궂은 옷을 벗어두고
아침 해가 뜨면
맨몸으로 떠나야 합니다
살아온 날들엔 미련두지 않습니다
불안한 눈 뒤룩뒤룩 굴리며
잠들지 않고 앞만 보며 살아야 하는
우리들의 숙명입니다

뒤늦은 입학식

봄을 향한 산고를 겪으며
복수초, 꿈틀거린다
얼어붙은 눈꽃을 열고
봄의 시작을 알린다

미역, 도다리 물오르고
해녀들 물질에 바빠질 즈음
활처럼 휘어진 허리 세우며
늦게 피어난 할미꽃
유모차에 의지한 채 경로당 늦은 입학식에 간다
오늘의 입학식에 갈 수 있게
간밤 내내 기도하던 할머니
파도를 막아 달라고까진 욕심낼 수 없었다
바다를 파먹고 살아온 사람의 기도는 아니므로
그저 유모차 밀고 들어가는 경로당 입구에
한 줄기 햇살이 깃들기만 소원했다

그녀의 비빔밥

그녀의 주 식단은 비빔밥입니다
서로의 어깨 겯고
같은 하늘을 바라봅니다
그녀는 메콩강에 아버질 띄워 보냈다지요
남편은 호텔 리조트에서 만났다나요
햇살 가득한 미소 듬뿍
야자수 향기 두어 방울 떨어뜨려
가끔씩은 까끌한 언어의 매운 맛과
타박하는 시어머니 잔소리도 뒤섞어
맛깔나게 비빔밥을 만듭니다
아참, 병아리처럼 내딛는 애기 발걸음과
아오자이 입은 수줍은 고향동무 생각도
마구 넣어 비벼댑니다
먹먹한 그리움이 미끄러지듯 달립니다
알싸한 매운 맛이 향수를 달랩니다
풀죽지 않는 엉겅퀴는 씩씩한 내일을 맞습니다

뒤늦은 날개를 저어

주민센터에서 한글교실 열렸다
뒷집, 옆집 사는 이웃들이 거기 다 있다
잠시 민망한 눈동자들이 굴러다닌다
세상천지 모르는 것 없어 보이던 순이네
까막눈 비밀이 밝혀지고
중얼중얼 입안에서 맴돌던 수치감들이
한꺼번에 쏟아져 나온다
호미 잡던 손으로 삐뚤빼뚤 자모음을 읽어낸다
그림을 보고 찾던 곳들
어느새 간판의 글들이 먼저 읽혀진다
병원이라도 가는 날에는 아는 이 찾아
두리번거리던 기억도 추억이 되는데
겹받침을 만나면 금방 머릿속이 하얘지지만
살아온 세월만큼 긴 이야기보따리 풀어낼 재미에
어느덧 책상은 납작하게 엎드려 하나가 된다
구불구불 낡은 세월 굴리며
주민센터로 향하는 걸음들에서
뒤늦은 날개가 돋아난다

봉숭아 꽃물 들 즈음

시들어 가면서 설레는 꽃잎을 보았나요
열손가락 끄트머리
백반 섞어 촘촘한 집 짓고
더듬더듬 꽃길을 찾아요
꽃잎은 손톱마다 옮겨 앉았어요
초승, 상현, 보름, 용케 알고
달을 베어 먹기 시작했어요
톡톡 잘리는 나는 바람에 맡겨 줘요
손톱에 피고 지는 달그림자는
이제부터 내가 가꾸어야 해요

소주 속 이야기

그는 소주 한 잔을 부어놓고 가슴에서 무명실을 뽑아낸다 서른둘에 피아노학원 그녀와 결혼을 했단다 옮겨진 피아노는 불협화음 연속이었다 큰아이가 학교에 가기 싫다며 일주일을 키보다 높은 성을 쌓고 문을 닫아버렸을 때 아내는 머리의 나사를 풀었다 조였다를 반복하며 시간의 처방전에 맡겼으나 증상만 악화되어 아이를 대안학교로 옮기는 것으로 느슨한 조율을 했단다 그는 소주 한 잔을 마시며 시선은 텔레비전을 향한 채 자꾸만 말들을 허공에 뱉는다 그는 다시 팽팽한 줄을 당겨 서른둘 전의 시간으로 가고 싶다 짓물러진 안주가 가슴에서 뚝뚝 끊긴다

어울렁더울렁

울타리 안 쪽,
뜨거운 열기 가득하다
오이, 호박, 상추, 비트, 쑥갓…
각기 다른 얼굴과 성질들이 어울려 산다
더위에 헉헉거리는 것들과 즐기는 것들
밤낮없이 쑥쑥 자라는 오이 호박
느릿느릿 갖은 애를 태우는 상추 비트 쑥갓
뻗어진 방향으로 나아가다가도
살짝 방향키 돌려주면 금방 제자리를 잡는다
엇박자로 피어나는 것 같지만
울타리 안 식구들은 더불어 사는 게 분명하다
같은 하늘 먹고
같은 바람을 마시며
서로의 어깨를 내어주고 보듬어주며 산다

푸른 혓바닥

해가 길어지면
칡은 혓바닥이 길어진다
푸른 혀 가득 힘을 무장하고 있다
마름모 손바닥은 뜨거운 햇살도 휘어 놓으며
당당하게 주위를 덮어간다
푸르고 긴 혀를 납작하게 엎드려
야금야금 타고 들어가는 것이다
결코 뱀의 혓바닥으로 날름거리진 않는다
누구의 눈치도 보지 않은 채
나무도 뒤덮고 세상도 뒤덮을 듯
뱀이 먹이를 삼키듯
단번에 주변을 휘감는다

우리들의 뿌리는 지금 무엇을 키우는가
세상은 여전히 얽히고설키고
분열과 부패는 칡덩굴처럼 자리를 넓히는데
저 푸른 혓바닥
언제쯤 뜨거운 햇살 피해 그늘을 찾을는지

풍덩

'풍덩' 기억들은 변기통 속으로 나를 아는 너의 사람들 속에 던져 버리기로 해요 작은 몸집으로 기억은 첩첩 산을 만들었어요 실수였을까요? 실수라 말해야겠지요 함께한 시간줄로 얽힌 그물에서 외마디 소리가 튕겨져 나와요 풍덩, 나와 당신을 오가는 날개 펼친 나비가 되어 볼래요? 번호변경 알림서비스 거절, 하지만 실수로 잃어버린 기억들이 변태하는 건 싫어요 대책 없는 그 날갯짓은 싫어요 잠시 환청 같은 메아리가 들려와요 "나를 찾아 줘, 나를 찾아 줘"

홍역의 시간

그 화단, 가만가만 기웃거려 본다
팽팽하게 맞서고 있는 덜 여문 生
열꽃이 만발한다
항체 없는 세상
나는 말없이 화단 밖을 서성거린다
무언의 가시가 온몸에 박힌다
지금은 홍역의 시간
신음소리가 아른아른 불빛 속을 기어 다니고
나는 청춘의 시간을
아스라이 거슬러 오르고

한여름 속으로

별도 달도 함께 발 담그는 주전 바닷가
소나무 그늘에 둘러앉아
햇볕 쨍쨍했던 날들을 이야기한다
달궈진 해변으로 바람이 흐른다
귀뚜라미 등에 가을이 업혀 온다는 입추도 머지않았다
늦여름 휴가의 꽃은
삼겹살 굽는 연기로 피어나고
불판에 달궈진 고기처럼
우리들의 삶은 제법 진미를 뿜어낸다
우리들의 이야기는 파도소리 잦아들 때까지
파도소리 물기를 머금고
파도에 모서리가 둥글어진
몽돌의 시간을 헤아려본다

소리가 잠들 무렵

생명의 소리들이 허공에 매달려있다
우유아줌마가 다녀간 소리가
현관문 손잡이에 멈춰있다
라디오 소리는 적막한 집 안 구석을 훑으며
현관을 기웃거린다
바람을 타고 안과 밖을 연결하던 소리들이
집 안을 흔들어 깨워 보지만
모든 것은 정지된 바람이 되어있다
소리는 원래 뜨거웠던 것일까
소리가 사라진 집은 온기를 잃었다

노인이 싱크대 옆에 쓰러져 굳어있다

등이 휜 시간이 멈추고
졸졸 흐르던 수돗물도
창틈으로 스며들던 햇볕도
한꺼번에 숨이 멎었다

양말의 온도

곱게 접은 오월 달력
살짝 풀어헤치는
양말 두 켤레
봄나비 되어 부스럭거립니다

한글 자음 겨우 알아가던 날
기억 못 할 일들
달력마다 붉은 동그라미 쳐놓고
암호처럼 적어 놓은 글자들 속에서
양말 두 켤레가 파닥입니다
세상에서 가장 따뜻한 선물

내 나이의 두 배 속도로 가는 길
이제야 말합니다
뜨거운 양말의 온도를

토담식당 이야기

치맛자락에 바람을 매단 채
새벽 골목을 쓸며 하루를 연다
열 평 남짓
안방까지 손님들이 침범하는 점심시간
바글바글 오천 원짜리들 맛깔스럽게 끓어댄다

머리에 꽃두건 양념처럼 두른 채
깃털 같은 손님 주머니
속속들이 잘 읽는 주인장 언니
딸린 입들이 많기도 하지만
흘러내리는 어깨는
함박웃음 눈부처로 추어올린다
지난 수십 년간 하루치 매상 기십만 원
나날이 주름이 늘어난 식당

언제나 더 내어주지 못하는 아쉬움
초벌자식 두벌자식
문지방이 닳아 삐걱거려도
활짝 웃는 문 열린다
한 끼의 거룩한 밥상 앞에서

5부

달빛 아버지

허공 끄트머리에 은행알들이 박제되어 있다
지난 가을 떠나지 못한 마음 몇 알
견디는 연습을 하는지 수행을 하는지
까마귀도 숙연히 날개 매만지는 아침

맏이

전화벨이 운다
동생의 교통사고 소식을 전하는
엄마 목소리에 선잠 깬 새벽은
찢어졌다가 부서졌다가 요동을 친다
아파도 기뻐도 즐거워도
습관처럼 맨 먼저 엄마를 찾았는데
이제는 엄마가 나를 찾는다
맏이, 처음이란 설렘과 두려움으로
엄마는 태반을 고이고이 묻었으리
변변찮은 여식을 그래도 맏이라고
엄마는 그 태반, 싹둑 자르지 못했으리

달빛 아버지

달빛, 잔잔히 산허리를 두릅니다
초저녁 한잠 주무시고 일어난 아버지
논두렁에 삽자루 세워 달빛을 걸어둡니다
개구리도 달빛을 쬐는지 이따금씩 노래를 멈춥니다
봄바람에도 달빛이 젖어듭니다
뜨거운 태양이 푸른 논을 데우면
논두렁 풀들의 함성은 높이 올라갑니다
어느새 아버지의 달빛은 꺼져버렸습니다
동생의 머리엔 달 대신
헤드랜턴이 밝게 떴습니다
그날 밤 예초기 돌아가는 소리는 잠들지 않습니다

사랑이 박제되어

가족을 생각하면 으레 검은 봉지가 출몰한다 싱싱한 전복이 버터를 만나 고소함 풍길 장면을 그리면 아들 얼굴이 금방 따라 나와 검은 비닐로 싸매는 내 손길이 바빠진다 친정아버지 딸내미 걱정에 익모초 캐어 환으로 사랑 뭉쳐 행여 누가 볼세라 꽁꽁 싸매 냉동고 깊숙이 보관하곤 하셨지 시간을 알 수 없는 마음들이 검은 봉지에 담겨 냉장고에 박제되어 있다는 사실을 오늘 알았다 각기 다른 수신지로 보내질 마음들, 뒤섞이지 않게 포장되어 박제되어 있다는 사실을 넣어둘 줄만 알았지 꺼내줄 때를 깨닫지 못한 사이 친정아버지는 머나먼 산으로 떠나셨다 곁에 있어도 서로에게 마음 한 줄 표현 못했던 나는 오늘 냉장고 속 사랑을 모두 꺼내어 박제로 말라버린 것들에 뜨거운 온기를 불어넣는다 사랑은 남몰래 깊이깊이 싸매둘 것이 아니라 그때그때 꺼내주는 것임을

인진쑥, 그 쓴맛 돌던 날

친정 가는 길
초입을 지키는 진한 향이
시간을 돌려 말을 건다
오래전 들녘에서 만난
생강을 닮아 누렇게 뜬 얼굴
큰 웅덩이를 파 놓은 눈
올챙이를 닮아버린 배

병원에서 날아오는 외마디
수의를 준비해 두란다
통증은 혀끝으로 밀려드는지
모래알이 마구 씹혔다

궁핍해질수록 쓴맛 더하는 살림
인진쑥 달이는
청솔가지 연기는 왜 그다지도 매웠던지
구멍 난 메리야스 사이로
짠물이 숭숭 떨어졌다

쓴맛을 달이고 달이면
지키다 보면 단맛이 난다던데
쓰디쓴 삶의 끝은 언제쯤일지
막막하기만 했던 그날

논두렁을 깁고 세워

그가 수술실로 들어간다
간호사는 말 없는 눈으로
어떤 것도 반입되지 않는다고 말하고 있다
그러나 투박한 손에는
검은 농지 원본이 그려져 있다
자식 입에 쌀밥 넣어주는 천수답
목마르지 않는 옥답으로 바꾸는 걸
평생 사명으로 알고 살았다
뿌리 깊은 가난과 싸우다 병원을 찾았을 땐
구절초 쑥부쟁이 넝쿨진
척박한 토지가 되어있었다
수술하는 날
온몸으로 수액이 흘러
무너져버린 논두렁과 도랑을 깁고 세웠다
천수답 문전옥답으로 태어나고
누런 낮빛에 번지르르 기름이 돈다
마취 덜 깬 팔에 드리워진 링거액이
찰박찰박 무논을 적신다

아버지와 봄

산모퉁이 뒷길
햇살이 그물에 걸려 졸고 있다
깡마른 고랑 따라
전설로 숨어든 바람이 눈을 뜬다
갑자기 바빠지신 아버지
갈빗살 하나를 떼어
대나무 한가운데를 갈라
무논에 지붕을 얹을 준비를 하신다
수액이 빠져나간 뻑뻑한 다리를 무논에 꽂고
볍씨의 잉태를 위해
두 손을 모은다
정직하고 투명한 아버지의 옷으로
바람이 데워지고 있다

그 환한 길

길이 없다
벚꽃 환한 곧은 길
먹구름 벗은 하늘처럼 가벼워지는 발걸음
이렇게 환할 수가 있는지
꿈인지 생신지 구별되지 않는 숨결로
집 앞 편의점으로 달려가 복권을 산다

아버지,
앰뷸런스가 이끄는 대로 대학병원으로 향한다
아버지는 마지막이란 말만 주문처럼 외우시고
어머니는 옆에서 두 손 꼭 잡고 기도만 하시고

물 한 모금 적시고
입가에 묻은 한 방울 미련마저 닦아내는 아버지
응급실 여기저기 소란스러운 소리들
마지막 온힘을 다해 움켜쥐었던 손
펼치는 순간 아버지는 자유를 찾으셨다
간밤 환하게 불 밝히던 벚꽃 행렬은
자유를 향한 아버지의 길이었음을
내가 산 복권은
나비만큼 환하고 가벼운 차표였음을

마지막 증명사진

보름달처럼 훤히 웃고 있다
흐트러짐 없는 매무새 잘 정돈된 머리
칠순맞이 여행길에서 웃던 그 모습으로
슬픔에 겨워 땅을 치며 우는 친지들을 향해
아버지,
근심 없는 미소를 보내고 있다
젊은 날 기타 둘러매고
보름달 피고 지는 앞산 언덕에 올라
산이 무너져 내리도록 불렀던 노래들
힘줄 불거져 나오던 열정들
작별의 시간에도 슬픔은 끝내 가져가지 못한다
하얀 국화송이 호위 받으며 온화한 미소 잃지 않는다
사나흘 환한 웃음으로 남은 우리들에게
마지막 증명사진 한 장 남긴다
아주 편안한 한 마리 나비가 되었음을
증명이라도 하듯

엄마와의 목욕

거룩한 의식이 있는 날
일주일에 한 번 엄마를 모시고
바다가 보이는 해수탕으로 간다
엄마는 드넓은 바다를
잦아든 가슴에 담고
당신의 미지근한 생애 같은
뜨겁지도 차갑지도 않은 물을 좋다 하신다
인연법을 내세워
존재를 처음 알게 된 그날도 물이었다
두꺼운 갑옷 속에서
꼭꼭 숨은 세월이 풀려나온다
나는 한 바가지 물을 엄마 몸에 끼얹으며 소원한다
고달픈 시간들 구석구석 씻어내어 달라고
또 한 바가지 기도를 담아 물을 끼얹는다
겹겹이 쌓인 나의 불효가 때처럼 떠내려간다

엄마와의 목욕은 업장소멸 의식이다

떡갈나무 품처럼

이웃나라 공부하러 간 딸내미
시도 때도 없이 연락이 온다
보이스톡이라도 오는 날이면
반가움보다 두려움이 앞선다
또 무슨 일일까
집을 비운 며칠 사이
다니러 왔다며 현관 입구에 딸의 가방이 놓여 있다
짧은 며칠 새 다녀간 딸내미
말로는 다하지 못한 사연들이
구석구석 뭉쳐 있다
사춘기 홍역을 호되게 앓은 탓일까
그 많은 고민 가슴으로 품어 줄 엄마가 있다고
나는 소리 없는 응원을 딸에게 전한다
썩은 속 비우고 온갖 벌레 키워내는
떡갈나무 그 넓은 품처럼

칠월이 오면

자두꽃이 피면 남편 얼굴에 웃음꽃이 핍니다
신맛이 밭을 채우고 잡초도 맛을 내기 시작합니다
자두에 붉은 단맛이 돌면
남편의 바짓가랑이에서 자개바람이 일고
까치도 덩달아 바빠집니다
여기저기 분주히 옮겨 다니는 까치는
언제나 게임의 승자입니다
번번이 지고 마는 게임에
남편은 진딧물 약을 뿌려버립니다
너도 못 먹고 나도 못 먹고
더 이상의 게임은 무색합니다
승자도 패자도 없는 게임
그러나 칠월이 오면 단맛만 익어갑니다
어김없이 단맛은 찾아옵니다

딸아이와 '양반이'

딸아이, 중국에서 공부 마치고 돌아왔다
두고 온 마음 한 줌, 끝내 눈에 밟히는지
마중 온 내 품에 안겨 흐느껴 운다
이별은 떠나온 사람의 몫이라던가

정오가 되면
세상 바쁠 것 없는 걸음으로
기숙사 앞으로 찾아오는 '양반이'
떠나오기 전부터 알아듣는지 알 길 없지만
이별의 인사를 했더란다
날 기다리다 지치면 어쩌나
떠나는 마음 꾹꾹 담아 마지막 밥을 챙기던 날
양반이는 밥만 먹고 뒤도 안 돌아보고 자리를 떠나더란다
마음을 둔 채 가볍게 못 떠나는 무거운 나를
배려하는 마음이라 여겼단다
섭섭한 맘 눌러 담아 놓고 떠나 왔지만
오는 내내 양반이가 밟혀
발걸음을 묶어 놓더란다
딸아, 아픈 이별에 눈물 흘리는 내 딸아
이 모든 것이 생의 한가운데로 진입하는 통과의례인 것을

부석사 탑돌이

허공 끄트머리에 은행알들이 박제되어 있다
지난 가을 떠나지 못한 마음 몇 알
견디는 연습을 하는지 수행을 하는지
까마귀도 숙연히 날개 매만지는 아침
배흘림기둥에 기대어 백 년
또 백 년을 넘어
소백산 저 기상은 떨리는 풍경으로 오는가
바람은
간절한 마음자락 절 마당 탑돌이로 풀어놓고
골을 만들고 채우며
시간을 쌓아놓고 떠났을 것이다
배흘림기둥에서 나의 기도는 깊어진다
나의 바람들이 바람 속에서 환히 피어나기를
푸석해진 나의 시간들이 좀 더 공고해지기를

딸아이와 '양반이' · 2

뒤를 돌아본다는 것
미련이 남았다는 것

중국에서 공부할 때 정오만 되면 찾아왔다던
'양반이'와의 이별에 가슴 태우던 딸아이
바람이 전하는 소식 한 통에
중국행 비행기에 몸을 실었다
밤을 키우는 별들에게 그저 잘 있기만을
매일 기도하고 또 했었단다
교통사고로 다리를 절뚝이는 양반인
딸아이와의 상봉에도 처음 보는 사람처럼
잔뜩 경계를 해서 야속했더란다
한 끼를 위해 뒹굴던 애교가 시원찮아
사료를 먼저 챙겨줬는데
다음날도 예전의 살갑던 관계로 회복되지 않아
몹시 슬펐더란다
첫사랑처럼
지나가버린 것을 생각하며 돌아오는 비행기 안에서
딸아이는 또 하나의 세상
건너는 과정을 새겼을 것이다

해설

식물 근성이 키우는 청량한 시

이자영 (시인 · 대학 외래교수)

해설

식물 근성이 키우는 청량한 시
-조미경 첫 시집 『풀숲이 궁금하다』

이자영 (시인·대학 외래교수)

수필가로 활동하던 조미경 작가가 언제부턴가 시에 천착하는가 싶더니 급기야는 『계간문예』 시 부문 신인 등용문을 통하여 시인으로서의 삶을 시작하였다. 그동안의 꾸준한 시 작업에 대한 중간 점검의 마음다짐이라도 하듯 시인 조미경이라는 새 이름표를 달고 첫 시집 『풀숲이 궁금하다』를 펴낸다.

한 시인에 있어 첫 번째 시집이 점하는 위치와 의미는 자못 각별하다. 오랜 여정을 한몸 삼아 살아가야 할 고독한 시의 길, 그 길에 대한 뚜렷한 이정표와 자신의 존재론적 좌표 설정을 어느 정도 제시해야 하는 시점이기 때문이다.

『풀숲이 궁금하다』는 총 70편의 시 작품을 1부 풀숲이 궁금하다, 2부 봄이 데워지는 동안, 3부 벽의 두께, 4부 푸른 혓바닥, 5부 달빛 아버지 등에 나누어 담고 있는데, 삶의 체험에서 비롯되는 깊고 넓은 내면적 성찰과 보편적 일상을 특별한 체험의 정서와 철학으로 이끌어 내는 저력을 보이고 있다.

이제 식물들의 숨소리와 스멀거리는 땅의 촉각에 귀 기울이며 조미경이 일구어 놓은 시의 채마밭으로 들어가 보자.

곡우는 스무날이나 남았다
벚꽃 망울 터뜨리는 소리에
세상은 화사히 물이 오르고
연분홍으로 소독된 볍씨에
나는 경건한 마음으로 물을 붓는다
달빛과 햇살로 달궈진 무논에
조바심 가득 끓여 담는다
구멍 숭숭 난 모판에 바람 들지 못하도록
신문 깔고 고운 흙 채워 한 편에 두고
일곱날을 기도하는 마음으로 기다린다
아, 드디어 찬바람 머금은 볍씨의 탄생
조곤히 소쿠리로 물을 빼고 모판 파종한다
이제부터 시작이다
무논은 다시 바빠질 것이다
백만대군의 출정을 기다리는 숨막히는 시간
드센 비바람과 햇빛 맞을 준비가 되었다
아버지의 아버지 또 아버지의 아버지 그 뒤를 이어
나는 오늘 볍씨를 담근다
뜨거움에 목이 멜 한 술의 밥을 위하여

-「볍씨를 담그며」(전문)

조미경의 시편에서 흙과 인간은 거의 한 몸으로 운용되고 있다. 몸 구석구석에서 진실의 목소리로 살아 꿈틀거리는 자연성의 찬미는 시의 생명력을 높이는 근간이 된다.

'벚꽃 망울 터뜨리는 소리에 / 세상은 화사히 물이 오르'는 그즈음 시인은 '달빛과 햇살로 달궈진 무논에' 볍씨를 담가 '찬 바람 머금은 볍씨'가 탄생하면 드디어 파종을 한다.

땅속에 묻혀 있던 만물을 깨워서 일으키는 봄비와 봄바람은 시인의 몸 안에서 일어나는 기별이며 소생의 몸짓이다.

'무논은 다시 바빠질 것이'라며 자연의 생리를 자신 있게 감탄하고 대변하는 시인의 모습이 참으로 든든하고 믿음직스럽다. 늘 자연과 함께하며 흙의 소리를 듣고 사는 시인 조미경에게 부여된 특권이 아닐 수 없다.

드센 비바람과 햇빛 맞을 준비가 되었다고 노래하는 시적 자아는 이미 오래 전부터 자연과 긴밀히 내통하고 있음을 알 수 있다.

요란한 예초기 소리에
논두렁이 발딱 일어선다
풀숲을 지키던 꿩
일촉즉발의 순간을 박차고 푸드덕 날아간다
꿩이 날아간 자리
열한 개의 알들에 어미의 체온이 남아 있다
다시 돌아 올 어미를 위해
아비는 그들이 부화해서 자립할 때까지
한 평 남짓 섬을 지어 무상분양을 결정했다

딸내미 아파 응급실 들락거릴 때
과속운전에 속도위반까지 하면서
물불을 가리지 않았었지
자식 지키려는 부모 마음은 모두 한 가지
꿩이 날아간 자리
풀숲이 궁금해지면서 딸내미 안부가 절실해진다

-「풀숲이 궁금하다」(전문)

조미경의 자연이 인간 깊숙이 내재한 순수 합일의 결정체임을 단번에 보여주는 시편이다. 자연의 생명성은 시인에게 끝없는 양식이 되어 정신의 살이 되고 감성의 피가 되어 사람들에게 스며든다. '요란한 예초기 소리에' 풀숲을 지키던 꿩이 날아가 버린 이후 '열한 개의 알들에 어미의 체온이 남아 있음'에 시인의 관심과 촉각은 곤두서고 마침내 이태 전 경험한 현실적 모성애의 기억을 반추하게 된다. '자식 지키려는 부모 마음'은 한낱 금수도 다를 바 없음을 동변상련으로 증언하는 시적 토운(Tone)이 강한 육성으로 자리 잡는다. 마침내 '풀숲이 궁금해지면서' 품을 떠나 먼 곳에서 공부하는 '딸내미 안부가 절실해진다.'

조미경의 시는 정직하고 풋풋한 식물의 근성을 많이 닮아 있다. 화려한 수사와 군더더기가 없이 정갈하다. 항용 얄팍한 시인들이 특수성과 개성을 앞세우며 내뱉는 허랑한 자의식이나 현란함은 좀처럼 수용하지 않는다. 담백하고 마알간 그의 시심이 돋보이는 대목이다.

들떠 있는 봄길 사이로
모란이 왔다
뻐꾸기 소리가 시작될 때 찾아온다는데
올핸 부쩍 성급한 마음이 들었는지
가로등 아래서 텃밭을 밝힌다

외할머니 따라 우리 집 와서 이곳저곳 옮겨 다니다
겨우 텃밭 한 귀퉁이에 자리 잡았다
지나는 사람마다 살뜰히 눈 맞추더니
이젠 어머니 희미한 가슴을 환히 밝힌다

모란이 왔다
어머니 얼굴은 점점 모란을 닮아가고
이따금씩 외할머니 모습도 피었다 사라지곤 한다

-「모란이 왔다」(전문)

대체로 식물 이미지는 배경이나 계절 감각이 편면적(片面的) 비유로 나타나지만, 꽃의 이미지는 중심 이미지로서 상징의 깊이를 더하게 된다. 즉 식물 이미지는 일시성을, 꽃 이미지는 영혼 또는 원형을 강조한다고 볼 수 있다. 그러므로 꽃은 정신적 가치와 자연으로부터 발현되는 정서를 담당한다.

위 인용시 '모란이 왔다'는 천상적 의미와 삶의 의미를 잘 표상하는 시 작품이다.

'외할머니 따라 우리집 와서 이곳저곳 옮겨 다니다 / 지나는 사람마다 살뜰히 눈 맞'추던 이웃 같은 꽃, 언젠가 외할머니가 갖고 오신 모란은 송이 송이 꽃을 피워 '어머니 희미한 가슴을 환히 밝'히기도 하고 불쑥 불쑥 따뜻한 손을 내밀기도 하는 혈연 같은 꽃이다.

'어머니 얼굴은 점점 모란을 닮아가고 / 이따금씩 외할머니 모습도 피었다 사라지곤 한다' 강렬한 시각 이미지로 형성된 모란은 뻐꾸기 소리와 함께 오는 자연의 질서를 표상하면서 어머니와 외할머니 세대를 아우르는 상징적 가치를 실현하고 있다.

해가 길어지면
칡은 혓바닥이 길어진다
푸른 혀 가득 힘을 무장하고 있다
마름모 손바닥은 뜨거운 햇살도 휘어 놓으며
당당하게 주위를 덮어간다
푸르고 긴 혀를 납작하게 엎드려
야금야금 타고 들어가는 것이다
결코 뱀의 혓바닥으로 날름거리진 않는다
누구의 눈치도 보지 않은 채
나무도 뒤덮고 세상도 뒤덮을 듯
뱀이 먹이를 삼키듯
단번에 주변을 휘감는다

우리들의 뿌리는 지금 무엇을 키우는가

세상은 여전히 얽히고설키고
분열과 부패는 칡덩굴처럼 자리를 넓히는데
저 푸른 혓바닥
언제쯤 뜨거운 햇살 피해 그늘을 찾을는지

-「푸른 혓바닥」(전문)

모든 시는 삶의 체험이나 상상력을 통해 내재되어 있는 대상을 재구성하고 재해석한다. 이러한 현상은 일상에서 접하는 보편적 정서이거나 시의 본질에 접근하려는 기본적 작업이다.

인용시 '푸른 혓바닥'은 조미경의 시에서 인간과 자연은 각자의 자리에 고정되어 있지 않다는 것을 극명하게 보여준다. '해가 길어지면 / 칡은 혓바닥이 길어진다' '뜨거운 햇살도 휘어 놓으며' '푸르고 긴 혀를 납작하게 엎드려 / 야금야금 타고 들어가'지만 '결코 뱀의 혓바닥으로 날름거리진 않는다'

조미경의 시가 정직함과 풋풋함 그리고 성실성을 기저로 하는 식물 근성을 표방하고 있지만 그렇다고 시대상의 부조리와 모순에는 결코 무심하지 않다. 작금의 어지러운 정치 현실은 '누구의 눈치도 보지 않은 채 / 나무도 뒤덮고 세상도 뒤덮을 듯 / 뱀이 먹이를 삼키듯 / 단번에 주변을 휘감는' 살얼음판이다. 이 살벌한 땅에서 '우리들의 뿌리는 지금 무엇을 키우는'지 통렬히 자책하며 되묻고 있다. 시적 공간은 더욱 확장되어 '세상은 여전히 얽히고설키고 / 분열과 부패는 칡덩굴처럼 자리를 넓'히고 있어 더 이상 현상의 문턱을 넘어설 수 없는 한계에 부딪힌다. 그러나 시인의 '푸른 혓바닥'에 대한 내적 인식은 애초에 양면성을 수용하고 있는 부분이다. 긍정적 관점과 부정적 관점으로서의 시적 상관물, '푸른 혓바닥'을 통해 응원과 반성을 동시에 주문하고 있는 것이다.

시들어 가면서 설레는 꽃잎을 보았나요
열손가락 끄트머리
백반 섞어 촘촘한 집 짓고
더듬더듬 꽃길을 찾아요
꽃잎은 손톱마다 옮겨 앉았어요
초승, 상현, 보름, 용케 알고
달을 베어 먹기 시작했어요
톡톡 잘리는 나는 바람에 맡겨 줘요
손톱에 피고 지는 달그림자는
이제부터 내가 가꾸어야 해요

-「봉숭아 꽃물 들 즈음」(전문)

파스칼은 『팡세』에서 생각하는 갈대의 사상을 중심으로 인간의 위대함과 비극성이라는 이중성을 다루면서 큰 시사점을 제시한다. 갈대의 비극은 다름 아닌 인간의 비극이기 때문이다. 이러한 시적 흐름이 잔잔히 느껴지는 시가 바로 위에 인용한 '봉숭아 꽃물 들 즈음'이다.

우리 민족의 꽃, 우리와 너무도 닮은 꽃, 봉숭아는 가난 속에서도 친근했다. 바람 속에서도 온기를 안겨주는 상관관계를 형성하고 있다.

'톡톡 잘리는' 소멸적 비극적 시적 정서가 시 전편에서 진실되게 형상화 된다.

'시들어 가면서 설레는 꽃잎은 / 손톱마다 옮겨 앉'으며 '초승, 상현, 보름, 용케 알고 / 달을 베어 먹'으며 정신적 구원을 희구한다.

달빛, 잔잔히 산허리를 두릅니다
초저녁 한 잠 주무시고 일어난 아버지
논두렁에 삽자루 세워 달빛을 걸어둡니다
개구리도 달빛을 쬐는지 이따금씩 노래를 멈춥니다
봄바람에도 달빛이 젖어듭니다
뜨거운 태양이 푸른 논을 데우면
논두렁 풀들의 함성은 높이 올라갑니다
어느새 아버지의 달빛은 꺼져버렸습니다
동생의 머리엔 달 대신
헤드랜턴이 밝게 떴습니다
그날 밤 예초기 돌아가는 소리는 잠들지 않습니다

-「달빛 아버지」(전문)

식물 근성으로 똘똘 싸인 조미경 시인의 가계를 잠시 들여다 보면, 그는 아래로 동생들을 거느린 한 집안의 맏이이고 시댁 어른들을 모시는 맏며느리이다. 그래서 그의 시편엔 식물 다음으로 가족들과의 소소한 일화가 시적 소재로 많이 등장한다. 특히 생전의 친정아버지에 대한 애틋한 추억은 시의 본류가 되어 끝없이 흐르고 있다.

'달빛 잔잔히 산허리를 두'를 때쯤 '초저녁 한 잠 주무시고 일어난 아버지'는 으레 삽자루 어깨에 메고 논두렁으로 나가셨다. 평생을 흙의 숨결에 귀 기울이며 흙의 속살을 달래며 부지런히 메워가던 아버지의 일상이 참신하고 세련된 서정으로 그려지고 있다. 달빛 한 줌도 거저 놀리지 않던 아버지는 지금도 여식에게 환한 달빛으로 떠 있는 것이다.

이제 시적 자아는 단물 밴 흙을 베개 삼아 또 다른 꿈속으로 진입하기에 이른다.

자두꽃이 피면 남편 얼굴에 웃음꽃이 핍니다
신맛이 밭을 채우고 잡초도 맛을 내기 시작합니다
자두에 붉은 단맛이 돌면
남편의 바짓가랑이에서 자개바람이 일고
까치도 덩달아 바빠집니다
여기저기 분주히 옮겨 다니는 까치는
언제나 게임의 승자입니다
번번이 지고 마는 게임에
남편은 진딧물 약을 뿌려버립니다

너도 못 먹고 나도 못 먹고
더 이상의 게임은 무색합니다
승자도 패자도 없는 게임
그러나 칠월이 오면 단맛만 익어갑니다
어김없이 단맛은 찾아옵니다

-「칠월이 오면」(전문)

머지않아 땀 냄새 흥건한 척박한 땅에 '자두 꽃이 피면' '남편 얼굴에 웃음꽃이' 필 것이며 '남편의 바짓가랑이에선' 힘 솟는 '자개바람이 일'게 될 것이다. '자두의 붉은 단맛'을 찾아 '분주히 옮겨 다니는 까치'에게 번번이 지고 마는 게임이지만 '그러나 칠월이 오면 단맛'은 틀림없이 익어갈 것이고, '어김없이 단맛은 찾아오'게 되는 은밀하면서도 정직한 자연의 순환고리를 시인은 굳게 믿고 있다.

시의 떨기마다 체온과 숨결이 전해져 오는 조미경을 탐색했다.
냉랭하고 살벌한 불신의 시대, 단단하고 심지 깊은 시인의 의식을 읽었다.
시의 본향인 서정성에 바탕을 두고 있는 조미경 시에 우선 믿음이 간다. 향후의 시가 어떻게 변모할지 궁금해 하며 좀 더 깊이 있는 사유의 틀을 짜서 참신한 시어 길들이기에 박차를 가할 것을 주문해 본다. 그리하여 상투성과 구태를 벗고 모더니즘에 한 발짝 다가 선 두 번째 시집을 영접할 수 있기를.

뜻대로 되지 않기에 살아 볼 가치가 있는 세상처럼 뜻대로 쓰여지지 않기에 고뇌해 볼 가치가 있는 것이 시이다.

조미경의 시를 읽는 내내 타고르의 목소리가 귓전을 맴돌았다.

"꽃은 작고 여리지만 그 아래로 무한한 대지를 다스리고 있다"

풀숲이 궁금하다

조미경 지음

발 행 처 · 도서출판 **청어**
발 행 인 · 이영철
영　업 · 이동호
홍　보 · 천성래
기　획 · 남기환
편　집 · 방세화
디 자 인 · 이수빈 | 김영은
제작이사 · 공병한
인　쇄 · 두리터

등　록 · 1999년 5월 3일
(제1999-000063호)

1판 1쇄 발행 · 2020년 5월 10일

주소 · 서울특별시 서초구 남부순환로 364길 8-15 동일빌딩 2층
대표전화 · 02-586-0477
팩시밀리 · 0303-0942-0478

홈페이지 · www.chungeobook.com
E-mail · ppi20@hanmail.net
ISBN · 979-11-5860-845-3(03810)

본 시집의 구성 및 맞춤법, 띄어쓰기는 작가의 의도에 따랐습니다.

이 도서의 국립중앙도서관 출판시도서목록(CIP)은 서지정보유통지원시스템 홈페이지(http://seoji.nl.go.kr)와 국가자료공동목록시스템(http://www.nl.go.kr/kolisnet)에서 이용하실 수 있습니다.(CIP제어번호: CIP2020016000)